ゴリラのごるちゃん

神沢利子・作　あべ弘士・絵

ごるちゃんが　うまれたよ

ゴリラ《ごりら》の　りりちゃんに、おとうとが
うまれました。
ほら、これが、その　ごるちゃんです。
まあるい　め。ふにゃふにゃの　くち。
かわいい　こでしょう。

りらちゃんも、おかあさんのように
ごるちゃんを　だっこしたくて　たまりません。
そこで、おかあさんの　おひるねちゅうに、
ごるちゃんを　だっこします。
「いい　こ、いい　こ。」
ほおずりすると、ごるちゃんが、わらいます。
ぐちゅぐちゅ、わらいます。

ごるちゃんを　だっこして、りらちゃんが
ゆくと、かぜが　そよそよ、いい　きもち。
くさの　はっぱも、てを　ふっています。
やなぎの　えだも、ゆらゆら　ゆれています。
ごるちゃんが、はっぱを　つかみます。
「こんにちは、やなぎさん。これが、
おとうとの　ごるちゃんよ。」
と、りらちゃんが、いいました。

すると、カエル《かえる》も　とんできて、
ごるちゃんを　みあげて、
ぴょん、ぴょん、ぴょん。
「ほら、みて。カエル《かえる》ちゃんも　きたよ。」
ごるちゃんも　うれしくて、ぴょんぴょん
やりました。
おっとと、りらちゃんは、ごるちゃんを
だいたまま、よろけて、ころんでしまいました。

「あはは。」

「ぐちゅぐちゅ。」

やわらかい　くさの　うえで、ふたりは

かおを　みあわせて、わらいました。

「あらま、あんたたち。」

そこへ、ぱたぱた、オウム《おうむ》の　まーこが

とんできて、

「なに、やってんのよ。」と、おおきな　こえ。

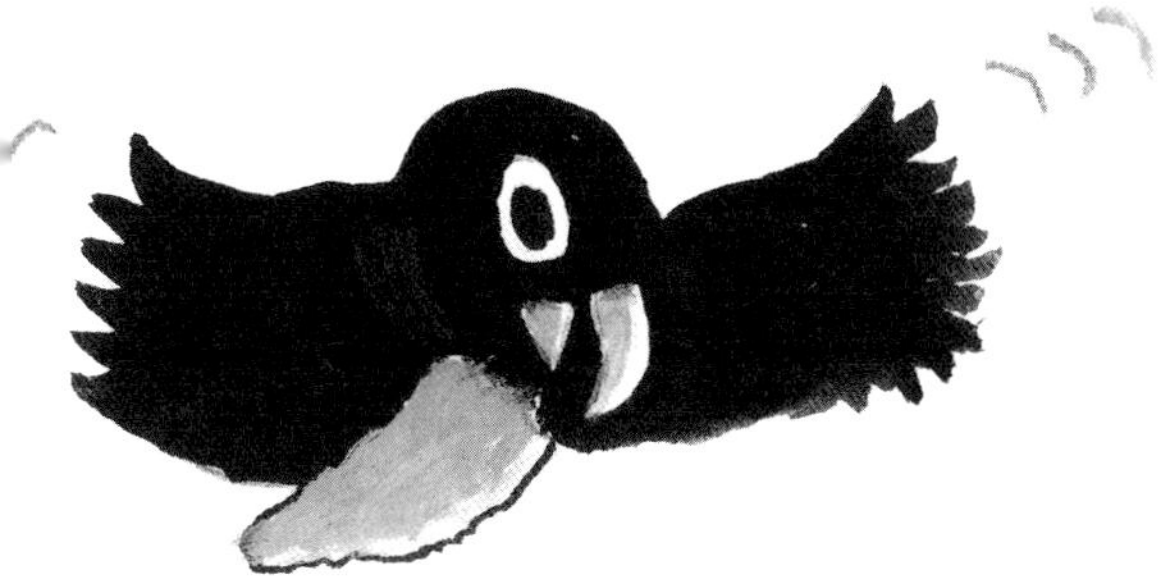

「あはは、あはは。」
りらちゃんは、まだ、わらいが
とまりません。

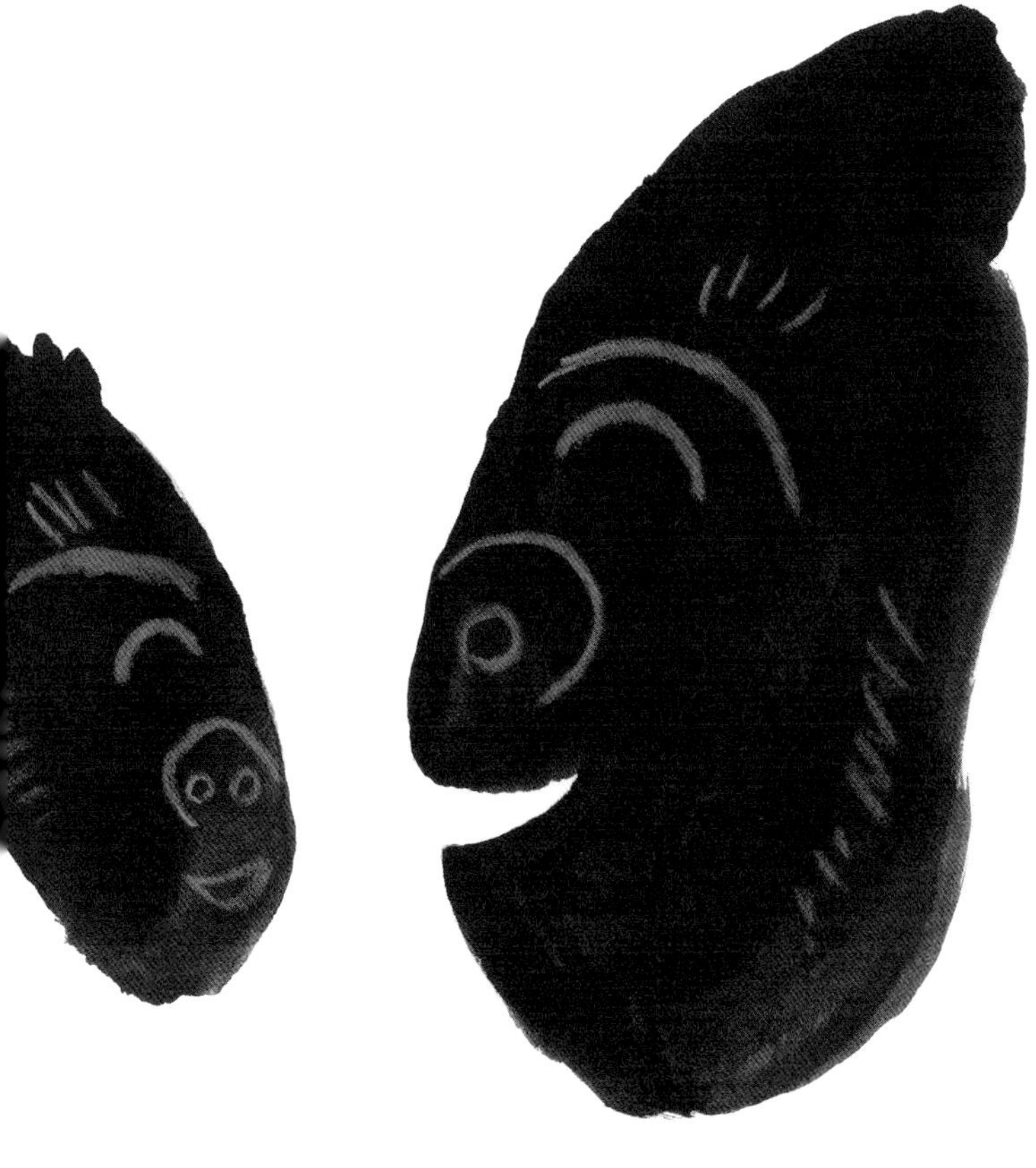

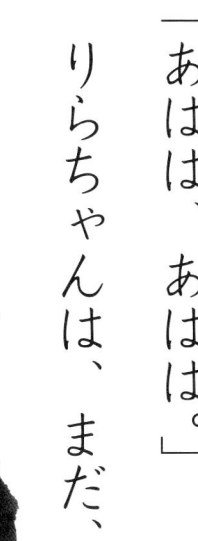

「ちょっと、その　こ、どこの　こ？」

「きまってるわよ。あたしの　おとうと、ごるちゃんよ。」

りらちゃんが、こたえました。

「ふーん？」

と、まーこは　いいました。

「めだま、ぐりぐり。はなの　あなは、ラッパ《らっぱ》みたいねえ。」

じろじろ　ながめて、しつれいな　こと！

けれど、りらちゃんは　へいきです。
「ゴリラ《ごりら》の　はなは、いい　はなよ。いつも、おとうさんが、うたってるもん。」
おおきな　くちを　あけて、りらちゃんが
うたいました。

ゴリラ《ごりら》の　おはなは
いい　おはな

ラッパ《らっぱ》みたいな　はなの　あな
ひく　ひく　ぴっく　ぴく
ホッ《ほっ》
この　においは　なんじゃいな
ホッホホ《ほっほほ》
わしの　だいすきな
マンゴー《まんごー》じゃ
ホイ《ほい》

「ホイ《ほい》　ホイ《ほい》、その　うたは、なんじゃいな？」

と、ばかにしたように、まーこが
たずねました。

「おとうさんの　うたう、うたじゃい。」

と、りらちゃんが、こたえました。

「んご　んご　ぼぼ　ぶぶー。」

と、ごるちゃんも　うたいました。

「ごるちゃん、じょうず。」

と、りらちゃんは　ほめました。

それから、まーこに　いいました。
「あのね、まーこ。ゴリラ《ごりら》の　はなは、いい
はなよ。マンゴー《まんごー》だって、バナナ《ばなな》だって、
いちごだって、パパイヤ《ぱぱいや》だって、すきな
ものは、すぐ　わかるよ。」
「へえ、へえ？」
と、まーこは、くびを　かしげました。
「なにさ、あんたの　すきな　ものって、

たべるものばっかし。ねえ、ごるちゃん、
りらちゃんって、くいしんぼねえ。」

なんと　いわれても、りらちゃんは
へいきです。ごるちゃんを　だきあげて、
いいました。
「おとうさん　だーいすき。おかあさんも
だーいすきだもん。ねえ、ごるちゃん。」
ごるちゃんが、ぐちゅぐちゅ、わらいました。
「あら、それだけ？　なんか、
わすれてるでしょ。」

まーこが、　はねを　ぱたぱたさせて、
いいました。

りらちゃんが、えーとと、かんがえていると、

「あるでしょ、いるでしょ。ほら、あんたの、
その　ぐりぐり　めだまの　まんまえによ！

いるでしょ！」

と、まーこが、せきたてました。

「そうか、ごるちゃんだ！」

「ぐちゅぐちゅ、ばぶぶー。」

ごるちゃんが、こえを　あげました。

けれど、まーこは、じれったそうに　また
さけびました。
「よく　みてよ！　りらちゃん、ほかにも
いるでしょ！」
ほかにもですって？
あ、そうか。
そこで、やっと、りらちゃんにも
わかりました。

りらちゃんの　めの　まんまえには、
ごるちゃんの　ほかに、もうひとり、いました。

おこったみたいに、めを　まんまるくした、
オウム《おうむ》の　まーこがね。
「いた、いた。あはは……」
りらちゃんは、わらって、わらって、
やっとの　ことで、いいました。
「あはは。わすれてたよ。いた、いた。
ここに、いたよ。だい、だい、だいすきな、
まーこがね。」

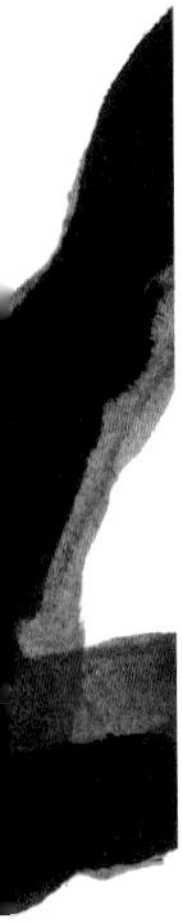

「けけ。わすれるなんて、しつれいよね。

けけけ。」

まーこは、わらいながら、ぱたぱた
とんでいってしまいました。

「ぐちゅぐちゅ、ぶぼぼぼう。」

「あははは。」

ごるちゃんと　りらちゃんも、わらいながら、
おかあさんの　ところへ　かえりました。

りらちゃんと　ごるちゃん

ゴリラ《ごりら》の　おはなは　いい　おはな
ラッパ《らっぱ》みたいな　はなの　あな
りらちゃんが、うたっています。
ひっく　ひっく　ぴっくぴく
ホッホッホッ《ほっほっほっ》

あーまい　においは　マンゴー《まんごー》かな

かぜに　のってくる、この　におい。
りらちゃんは、はなを　ひくひく。
「いや、マンゴー《まんごー》じゃないよ。ベリー《べりー》だ、
ベリー《べりー》だ。いちごの　においだよ。」
そうです。
もりの　いちごが、まっかに　うれて、
「りらちゃん、おいで。ごるちゃん、おいで。」
と、よんでいる　においです。

「いこう、いこう。ごるちゃん、いちごつみに
いこうよ。」
りらちゃんは、ごるちゃんの　てを
ひっぱりました。
「ぐじゅ、ぶじゅ。」
と、ごるちゃんが　いいました。
「そうか。あんた、まだ、よく
はしれないもんね。いいよ。おねえちゃんが、

だっこして
あげるから。」

りらちゃんは、ごるちゃんを
だっこして、よいしょ　よいしょ、
かけてゆきました。
「はやく、はやく、ゆかなくちゃ。
くいしんぼの　ことりたちに、
いちごを　みーんな、たべられちゃう。」

やっと、もりに　つきました。
よかった　こと。
まっかな　いちごは、りらちゃんの
くるのを、まっていてくれました。
「ここに、おすわりしていてね。」
ごるちゃんを、くさの　うえに　すわらせて、
りらちゃんは、いちごを　つみはじめました。
ひとつぶ、つまんで、おくちへ、ぽい。

ふたつぶ、ぽい。

「ほら、あまーい　いちごだよ。」

みつぶめは、ごるちゃんの　おくちへ、ぽい。

「ぐじゅぐじゅ、ぷっぷぷう。」

ごるちゃんは、ことりみたいに　くちを
あけて、もっと　もっとと、ねだります。

「ごるちゃん、はい。」

「はい、ごるちゃん。」

りらちゃんは、いちごを　つんでは、ぽい。

つんでは、ぽい。ごるちゃんの　くちへ、
いれました。

そこへ、ぱたぱた、とんできたのは、
オウム《おうむ》の　まーこです。
「あら、りらちゃん、そんなに　ぽいぽい、
あげちゃ、だめよ。」
と、さっそく、ちゅういします。
「ごるちゃんは、まーだ、ちっちゃいのよ。
そんなに　つめこんじゃ、おなか
こわすわよ。」

ほんとに、そうかも　しれませんね。

そこで、りらちゃんは　じぶんの　くちへ、
ぽい。ぽい、ぽい、ぺちゃぺちゃ。
むちゅうで　たべて、ふと　きが　つくと、
ごるちゃんの　すがたが　みえません。
「あら、ごるちゃん、どこへ　いったの？」
しゃがんで、きの　したを　みても、
せのびして、とおくを　みても、やっぱり、
どこにも　いないのです。

へんねえ、ワシ《わし》に　さらわれたのかしら？
いいえ。ここいらに、そんな　とりは
きません。
かわに　おちたのかしら？
りらちゃんは、しんぱいになりました。
「ごるちゃーん、ごるちゃーん、どこ
いったのよう。」

りらちゃんが、かわの　ほうへ
かけだそうと　したとき、りらちゃんの
あたまの　うえから、
「ぷぱぷう。」
「けけ。」
と、わらう　こえが　しました。
みあげると、きの　うえで、ごるちゃんと、
まーこが、とくいそうに　わらっています。

「やあだ。あんたたち、そんな　とこに、いたの？」

りらちゃんは、ほっとしました。

だけど、すこし　おこりごえで、

「ごるちゃんたら、そこに　ひとりで、のぼったの？」

と、たずねました。

すると、ごるちゃんは、たった　ひとこと、

「ぶぼぼ。」

「あんたが　むちゅうで　いちご　たべてるから、
あたしが　おもりしてあげたのよ。」
と、まーこが　いいました。
りらちゃんは、ぷんと　しました。
「ひとりで、のぼったんなら、ひとりで、
おりといで！」
「ぷじゅ。」
ごるちゃんは、りらちゃんの　かおを　みて、

なんだか　ぐずぐずしています。

りらちゃんは　もういちど、

「さっさと、おりといで！」

と、めいれいしました。

「ぷじゅー。」

ごるちゃんは、なきだしました。

まーこが、ごるちゃんの
かたを　とんとんして、
うたいました。

ゴリラ《ごりら》の　ごるちゃん
きに　のぼる
りらりら　すーい
かぜが　ふく

とっても　きもちが
いいんだもん
ごるちゃん
きの　うえで
くらしましょ

でも、ごるちゃんは
なきやみません。

そこで、りらちゃんは、
「あーあ、しょうのない　こねえ。」
と、おかあさんみたいに、いいました。
それから、きに　せなかを　つけて、
「さあ、おねえちゃんの　せなかに、
しゅーっと　すべって、おりといで。」
と、こんどは、やさしく　いいました。
ごるちゃんは、しゅーっと　おりて、

りらちゃんの　せなかに　のっかりました。

りらちゃんは、あしを　ふんばって、
ごるちゃんを、しっかり　おんぶしました。

ごるちゃんが、ほっぺた　くっつけて、

「ねーたん。」

と、よびました。

りらちゃんが、

「ぐふっふ。」

と、わらいました。

それから、ゆっくり、ごるちゃんに、
いって　きかせました。
「おねえちゃんはね、だっこも、おんぶも、
できるんだよ。」
「だっこんぶ。」
と、ごるちゃんは　りらちゃんの　せなかで
いいました。
　そのとき、むこうから、うたごえが

きこえてきました。

……ひっく　ひっく　ぴっくぴく
いい　におい
たべちゃいたいほど　かわいい　こ
りらちゃんと　ごるちゃんの
においだぞ
「やあ、おとうさんだ。」
りらちゃんが　こえを　あげ、ごるちゃんが
てを　ばたばたさせました。

「ほーら、ここだ！　おかあさんが　さがしてた、
りらちゃんと　ごるちゃんが　いたぞ。」
おとうさんは、ぼっぼ　ぼぼんと　わらって、
ふたりを　みました。
「いちごで　おなかは　いっぱいかい。なあ、
まーこ、ゴリラ《ごりら》の　はなは、いい　はなだろ。」
おとうさんは、かためを　つぶって、また
うたいました。

ホッホホイ《ほっほほい》
りらちゃんと　ごるちゃんと
もうひとり
たべちゃいたいほど
かわいい　こ
オウム《おうむ》の　まーこの
においも　したぞ
ホッホホイ《ほっほほい》

「あたしは、ゴリラ《ごりら》になんか　たべられないよ。
ぱーっと　とんで　にげちゃうもん。」
オウム《おうむ》の　まーこが、けけけけ　わらいました。
「ぼぼ　ぼっぼぼ。」
「あはは　は。」
「ぐちゅぐちゅ。」
おとうさんも　りらちゃんも　ごるちゃんも、
みんなで　わらいました。

作　神沢利子（かんざわとしこ）

1924年、福岡県に生まれ、樺太（サハリン）で幼少期をすごす。文化学院文学部卒業。詩、童謡、絵本、童話、長編と、児童文学の第一線で活躍を続けている。『くまの子ウーフ』（ポプラ社）『ちびっこカムのぼうけん』（理論社）『うさぎのモコ』（新日本出版社）『ふらいぱんじいさん』（あかね書房）など、世代をこえて読み継がれている作品は数多い。日本児童文学者協会賞、産経児童出版文化賞大賞、日本童謡賞、路傍の石文学賞、巌谷小波文芸賞など多数の賞を受賞している。

絵　あべ弘士（あべひろし）

1948年、北海道旭川市に生まれる。1972年から25年間、旭川市旭山動物園に飼育係として勤務し、現在は、絵本を中心に創作活動を続けている。『ゴリラにっき』（小学館）で小学館児童出版文化賞、「ハリネズミのプルプル」シリーズ（文溪堂）で赤い鳥さし絵賞、『どうぶつゆうびん』（講談社）で産経児童出版文化賞ニッポン放送賞を受賞。神沢利子氏とのコンビで『ゴリラのりらちゃん』（ポプラ社）がある。

ポプラ
ちいさなおはなし 37

ゴリラのごるちゃん

2010年5月　第1刷
作　者　神沢利子
画　家　あべ弘士
発行者　坂井宏先
編集　松永　緑
発行所　株式会社ポプラ社
〒160-8565　東京都新宿区大京町22-1
振替　00140-3-149271
電話　03-3357-2216（編集）
03-3357-2212（営業）
0120-666-553（お客様相談室）
FAX　03-3359-2359（ご注文）
ホームページ　http://www.poplar.co.jp
ポプラランド　http://www.poplarland.com
印　刷　瞬報社写真印刷株式会社
製　本　株式会社若林製本工場

ISBN978-4-591-11820-7　N.D.C.913　71p　21cm